心は胸のふくらみの中

菊竹胡乃美

書肆侃侃房

心は胸のふくらみの中＊もくじ

永遠に嚙めないフランスパン　6
生理休　22
おんなへん　30
やわらかな手のうさぎ　43
空飛ぶ虎　49
Ms. たらこくちびる　58
サンドイッチ・ハム男　63

人生をミニストップ　68
俺は星屑　76
心の皮膚　83
冬の放熱　90
多くない給料　100
あかるい前歯　107

装幀　成原亜美（成原デザイン事務所）
装画　安藤智

心は胸のふくらみの中

永遠に噛めないフランスパン

おんなというもの野放しにして生きるには多すぎる爆撃機

心を殺されたかと思いましたセクハラのひとつ　胸の汗

触れたくもない地層あり　腰かけてさらさら光る思い出

国境に向かって走りゆく人々の影　涙はかわいて

死にたいと思う前の感情は鬱という漢字のものすごさ

社員証の私ウケる誰にも心開いてないって顔

さざなみのロックハローワークのブルース身投げしそうになる浅瀬

CカップがAカップになるくらいストレスっていうのに　ボクサーになってころしたい

泣きそうになるのをこらえるの日々です臨床心理士と話せば

見たことのないヘルシンキの水平線そこはそこでの生きづらさ

愛はお金お金は愛じゃないけれど津波のようなパトロンが欲しい

へんな人も結婚しているのにね先輩はほほえむミスタードーナツ

ドーナツの砂糖をこぼす結婚は他人から見れば爽やかなゴール

ひびわれに冷たい水がよく響く給湯室で泣きわめかないために

少女が女になったところで何なの水を蹴っていきたい力

目くじらの中に鯨がいる私まもるためバカになる

青空を見上げながら帰るのがたのしい鳥のフンも踏みながら

ファーストのカバーに走るライトの子将来あの子と結婚するひと

セクハラに逃げ惑いいつか私も愛するひとへ生け贄になる

死にたいと思ったり死んでくださいと思ったり生理どでかくなる胸

現実のわたしも恨みはしているし日々振り向いてくる写真の幽霊

極刑にならぬことでも許せずにいる奥歯虫歯になって歯科医院

台風でびよんびよんになっている電線怒りって受け身だよ

セクハラと叫べず透明にぶん殴る柔道めちゃ強男になりたい

どんなときも生きていかなければならぬ喪服の元気なふくらはぎ

人ひとりあきらめると友達が増えるね出勤途中の秋風

懸命に食べながらえて生きてきた　祈りがあなたをころす波になるまで

いつのまに陰毛はみでて別にいいんだ日本に根を張らなくとも

トロの吐露リスのリスクたわしのわたし掬ってほしい救ってほしい

三十路へと近づけば頑固になってゆく永遠に嚙めないフランスパン

生理休

からあげを揚げるような手軽さで子供が欲しいと言わないで

子宮も卵巣もあるのをばれるのが怖いやさしい深爪の男にも

目が茶色なのが好きあなたの血の染み出してそのままの深爪

生理のせセックスのせどこまでを言えるだろう骨付き肉かぶりつき

素敵なことと思う友達の妊娠は知らない国の夜明けみたいな

女ひとり守りたいと思う感情ってバニラエッセンス一滴の

抱きたいと言われ脳が滑走する元気はどこかの河川敷

生理だからと言えばあたたかいパーカーのきみ女の敵にならないで

男性に抱くと言われる不思議さよ私が抱きたい食べて太って

百キロ級柔道に出てる選手たち敵わないのだろう男の寝技

友達の中絶を知るコンドームのストックを買うマツモトキヨシ

人の思いやりとはポリウレタン製コンドームを選ぶ指先

何のための痛み何のための血まみれ何のための子宮　ごめんね

できるなら生理の皆勤賞めざすそのとき拍手してほしいあなた

おんなへん

優しさの本当は何だろう豆苗育ちっぱなしのまま

贅沢はずっと言わないまま生きて移民のように日本で過ごす

ヨーグルト買って便秘を治そうよ夕方の公園　独身たちへ

東京の他人でいいの地方都市輝いていいる稲穂でいいの

体格の格差稼ぎの格差あなたのこと本土と呼びたくなる

誰に傷つくか何に傷つくか競馬場雨の中走る牝馬

子のために開かれる股ママとパパそこから見える噴水公園

お母さんになるときの想像赤ちゃんマリオを背負うヨッシーのりきみ

妊娠のふたもじは女偏でありひとつを男偏で書いてみる

想像ができない男のからだの大変さ　考えてみて土星味のキャンディー

お父さんとお母さんの快楽の先に立つ　いつか何かの金メダル

産むことをいやがる雌の鶏を抱くわかりたいよ同じ女として

独身のからだでどこまで行けるだろうずっと遠洋の漁船の灯り

おっぱいが佐賀平野のよう乳がんは心は胸のふくらみの中

鼠径部の輪郭をたどる私は私の裸をどんな目でも見る

お総菜という選択あなたは許さなくてでも私が許した食卓論

生理中のからだで何かを作ることてめえはてめえのお弁当を作れ

女性は女性の味方とかぎらない立ち上がり立てたい焼きたてパンののぼり

自分のために指輪を買うよお母さんアンドレ不在のままオスカル

カブトムシの形で風呂場で泣いている四肢があったところで生きづらい

人ひとり立てば窓辺に舞う埃子供があかるく使う差別用語

被害者でも加害者でもあってきた夏は罰のようなあせも

傷痕がこの日本にもありますここも見てきれいな私の十円ハゲ

風のようにナプキンは軽くなりそれがたのしく独身の人魚

冷や麦をゆでる八月平和とはわたしでいること家系図途絶えて

やわらかな手のうさぎ

あおむけになったとき涙が耳に入るときのＡＳＭＲ

無意識に出た涙をせきとめる僕は君のおむつになりたい

君らしさ君は知らなくっていい便所サンダルのままＮＡＳＡにいて

月よりもそばにいたいよ鼻息で産毛を揺らすぐらい近くに

愛くるしさの中にくるしさは入っていて愛をあげつづけるのはくるしい

もうちょっとあなたを知りたい手話の中やわらかな手のうさぎを見つめる

警察が踏み込まないでいることに象の赤ちゃんのように踏み込む

おめでとうございます男の子ですよと言われたけど女の子だったよ

彦星が彦星に会いにゆく天の川織姫が織姫に会いにゆく天の川

レースカーテン陰毛が透ける見せるものではないもののうつくしさ

多分もう転生しないよ次はもうカーテンになって風に揺れてる

空飛ぶ虎

家庭内暴力の夫を持つ親友のほほえみ　いいのよ好きなんだから

やさしく返事するようにしてるそうなん、とそこから鷺飛び立つように

かろやかな強さが絶対ほしいよね空飛ぶ虎フライングタイガー

谷間にもシールをはろうお尻にもシールを　本当に元気でいて

うつむいてしまう話題を飛び越えていこうよ女子生徒もズボンがはける時代

涙が枕カバーを交換させる団地のいくつものモラハラ夫

素敵なことって人にあるのだろうか朝方の唾踏まないよう歩く

ドからドまで指を広げる苦しさよこの絆をまだ続けるべきか

私にはあなたが遠いあなたからの理解が遠い　ムーミン谷は冬

女の子をねらった事件男の子をねらった事件　熱湯かかる

傷痕になること傷をうまく隠すことリハビリメイクコーナーに止まる

暴力をしたことのない筋力で死ぬほど蹴るかもしれんとき

おまもりのはずなのに指輪は外したときの血のめぐり

性欲でもみくちゃにされる翌日の誰のものだろう自由は

手洗いで下着を洗う福は内　男の人のさびしさは外

モン・サン・ミシェルの夢　緊急避妊薬を飲んだ後の昼寝

最低限のしあわせ感じてふさふさのぷよぷよになって贖罪は

Ms. たらこくちびる

トースターで焼いたたらこみたいになる二月のたらこくちびるは

ロブスターロールを食べてすみずみに血が通うたらこくちびる

前を向けば前を向くこのたらこくちびるもカサカサになるのに前を向く

食べられないたらこはカピてくるように使わんたらこくちびるもカピ

水泳中の瀕死になったたらこくちびるに似てしまった面接の朝

くちびるの薄い彼女は一発で受かって飛んでいった事務職

おめでとうと言わねばならぬこの口でこのたらこくちびるで言わねばならぬ

ダブルベッドひとりで横になっているたらこくちびるはそんな広さ

サンドイッチ・ハム男

もう何も言わないことにしたサンドイッチのハムとして挟まってる

女子じゃないのに女子大生になりたいと思わず叫ぶ　春だから

おとこもおんなもそうでありたくないひともみんなカードキャプターさくらだ

社畜にもめっちゃホリディがあってほしいおにぎり百円セールのように

一本脚の鳩を見つける水曜日社会の対義語は会社なんかな

パン屋花屋いろいろないいにおい包まれて街角の加害者の会

膝の裏の血が止まらないさっきから大事な書類の宛名に血がつく

暮らしやすさ売られていたら二万までなら払える紙吹雪

うすぐらい食堂にいる誰とでもたのしい無料の水を飲みたいよ

人生をミニストップ

『若者のすべて』の中に奨学金返済の苦労が三ページ載る

ラブホ街ヤシの木乱れる二号線走れ待つひとへと救急車

全人類にチューしたらきっと好きになるあのクソ上司にもジャンプしてチュー

土曜日の練習試合を知らなくて先発全員遅刻打線

人生をミニストップしたい暑い夏マンゴーパフェにすがる就活

痛みに耐えよく頑張った頑張って痛みに耐えているんですＮＯＷ！

おまえにもおまえにもおまえにもおまえにもおまえにもおまえにものどちんこパンチ

煙草生クリームショートケーキの苺たち鳩の群れ左右回転する椅子

水族館より遊園地より一時間五十円で卓球やりませんか

ナンを焼く異国の人のオレンジのTシャツを茶色にする汗

眠れない夜は二十四時間営業のスーパーのレジ打ち兄ちゃんを思う

店番をしている人が泣いているすみませんコロッケ二個いいですか
サヨナラホームラン打とうねってお父さんお母さんに言われて泣いた

人生下手倶楽部のために開かれるブラインドタッチの放課後学習

ハローワーク近くの団地を吹きぬける他人事みたいな秋風

俺は星屑

結婚の知らせは俺を苦しめる頭痛腹痛腰痛歯痛

ふざけるなふざけるなふざけるなふざけるなしあわせになるなんてふざけるな

泣けば都子宮の中にいるような布団にくるまり目を開けて寝る

結婚報告に一回死んで子ができたことに一回死んで八マス進む

どいつもこいつも流れるように付き合いだす特急列車が止まらない駅

不在からの見晴らし佐賀平野　君と呼びたい君がいない

クズはクズでも俺は星屑呼吸するたびにきらきら毛穴のすべて

庭を飛ぶモンシロチョウも結婚してて台所のショウジョウバエも結婚してて
摘み取ったきれいな花を飾るけどもう死にましたと花は言ってる

結婚式でゲットしたブーケが枯れたので燃えるごみの袋に入れる

旬じゃなくても買う料理する俺なりに食べ続けることのやさしさ

我慢をする十分咲きの桜のような我慢をする肛門締めて

心の皮膚

もうみんな進路に向いて歩きだす僕の遠くに立つ蜃気楼

世界一しあわせを目指そうそんなノリきみのケアレスミスを丸する

卒業式を欠席すると言う君は五月の風のような笑い方

甘えてちゃいけないんだね夏服を着るチョコレートはいつか溶ける

親戚の夜の部屋から漏れてくる光と不登校のいとこの話

あかるくて元気な子が学校を休む明日も明後日も明々後日も
入院する君の分の朝顔を育てるいろんなことが遅い

カマキリを手なずけるきみ日に焼けてきれいを飛び越え成長していく

弁当のトマトをのける私には将来という字が雲に隠れる

いじめられている子を守っていじめてる子を別室で守って

女の子を好きなぼくに好きだと言う男の子をなでるぼくの手のひら

心療内科に通うぼくたちやわらかな心の皮膚を一枚はがす

冬の放熱

恋をしたセーラー服のまま披露する I Want You Back 冬の放熱

犬じゃなくてよかったあなたと同じ種でよかった透明なしっぽが揺れる

私がもしオオカミやったら君が泣く声にワオーンと絶対返すよ

好きな子のタイツが伝線してるのをじっと見る男子をじっと見る

おしっこに行きたいと言うあの人を好きな私のおしっこがたまらぬ

好きなタイプに好かれないけど好きな犬に好かれるうれしさ菜の花に風

暗黙のリーダーみたいな女の子の影踏んづけて帰る金曜

イルカだって息を合わせて飛んでいるなのに人間のあたしときたら

合唱曲で一体感を味わった歌い終わって解散した

下書きなのに読まれてしまったラブレター死ぬ死んでしまうやかんから火

ものすごくムカついたものすごくムカついた電力にして三つ編み

さよならは突然にして降ってくるたらいみたいに上で待ってる

みんなつらいって言ったらそれで終わりじゃん私が急速冷凍する

初恋が死んだ記念日夕方の畑で野焼きじいちゃんと二人

ダサ青春が野を駆けてゆく太腿に流れる滴燃ゆって萌ゆって

ただいマンモグラフィーと言って元気よく母が開けるドアから光

カニってさヤなことあってもピースしてるピースって英語で平和らしいよ

林檎をむくみたいにはげる父親と夕日に向かって歩いて帰る

多くない給料

多くない給料で働いているからだ血が出たり押さえたりした

曇天もわたしの気持ち快晴もわたしの気持ち今日は病気が軽い日

どうしても夏長袖を着て過ごすきついね万華鏡のような事情

営業のむっちゃできる人からの好意　素直に廊下の優勝カップ

愛するということ家族くらいしかないけれど元気結構元気

恨むことも妬むこともなく生きてきた私に比べてクラピカの苦労

ポテチシェアする給湯室の冷ややかさ馬鹿でもそれでもやっていく人々

たのしいことのひとつひとつかなしいことのひとつひとつ電子レンジのオレンジのひかり

病気とか痕のこととか打ち明ける私は仕事でめためたになる

かわいくてデキる女の子になりたかった心も体もバーバモジャ

年金分没収されていくお金バイバイ元気でそっちに行っても

賃金のすくなさ自転車を漕ぐちから肉まんふたつ分のおっぱい

宇美町の山を越えて東京にいきたい屋上の風のなでなで

あかるい前歯

ｉＰＳ細胞は元気にやってるのかなあこっちは元気よマヨネーズ山盛り

無害そうに見えるけれど実はね、人んちの犬と勝手に散歩
みんなみんな犯罪に走る春になり桜が咲くように自然に

口を挟むな　そしたら私はフルーツサンドに挟まれたきゅうり

自分のことスイートポテトと思うときもあるし汚水と思うときもあるし

わかってるよわかってないわわかってるおでんのはんぺんみたいな顔

ひとりよりふたりの孤独それ以上かけたらからいよケチャップライス

ゴールデンレトリバーの盲導犬わたしが我慢すればいいだけ

わかってほしい橋を渡ってわかられないままでもいっかの草原に着く

やさしさが傘ならすべての雨粒が見えるビニール傘がいい

おっぱいをひとつもいであなたにあげたい学業交通安産のおまもり

貴殿てなに？それほめことば？あたしが殿ってこと？ウケる、　ありがと

死ぬまでに永久歯そろえばうれしいねそれだけでいいあかるい前歯

バイバイこのままバイバイ駅弁買い忘れないようにバイバイ

野生の風になれるよ都会で鼻水をかむのに忙しい私たち

革命は席を立つこと悪口のおしゃべりの中おしっこに行こう

生きるのってつらいよねって笑いながら白いお皿を二人で洗う

春を売るならわたしは冬を売ろうと思う毛がいっぱい生えた冬を

あなたにはあなたのしあわせわたしにはわたしの　パラシュートを開きながら

■著者略歴

菊竹胡乃美（きくたけ・このみ）

1995年福岡県生まれ。2015年から短歌を始める。

歌集　心は胸のふくらみの中

二〇二三年四月六日　第一刷発行
二〇二三年四月二十日　第二刷発行

著　者　菊竹胡乃美
発行者　田島安江
発行所　株式会社 書肆侃侃房（しょしかんかんぼう）
〒八一〇-〇〇四一
福岡市中央区大名二-八-十八-五〇一
TEL：〇九二-七三五-二八〇二
FAX：〇九二-七三五-二七九二
http://www.kankanbou.com info@kankanbou.com

編　集　藤枝大
DTP　黒木留実
印刷・製本　モリモト印刷株式会社

ISBN978-4-86385-568-7 C0092